AF468052

A. HERVO

LE JUGE
ET
LES NOURRICES

CONTE EN VERS

DIT

Par M. F. GALIPAUX, du Conservatoire

PRIX : 50 CENTIMES

PARIS
BARBRÉ, ÉDITEUR
12, BOULEVARD SAINT-MARTIN, 12
1881

LE JUGE

ET

LES NOURRICES

F. AUREAU. — IMPRIMERIE DE LAGNY

A. HERVO

LE JUGE

ET

LES NOURRICES

CONTE EN VERS

DIT PAR

M. F. GALIPAUX, du Conservatoire

Prix : 50 centimes

PARIS
BARBRÉ, ÉDITEUR
12, BOULEVARD SAINT-MARTIN, 12

1881

LE JUGE ET LES NOURRICES

CONTE EN VERS

A M. F. GALIPAUX, du Conservatoire

Un certain juge atrabilaire,
A mes débuts à Landrecy —
Comme avocat stagiaire —
Me causait le plus noir souci.

Impossible de trouver grâce
Devant ce magistrat pédant,
Et souvent son air, sa grimace
M'arrêtaient tout court en plaidant.

Il en riait!... Mais la rancune
Cheminait comme un ver rongeur.
Jour et nuit dans mon infortune,
Je méditais un coup vengeur...

Enfin, à la gare aux Etoiles,
Un jour d'été, de grand matin,
Quand le soleil quittant ses voiles
Brillait à l'horizon lointain,

Je vis descendre avec mystère,
D'un wagon, à trois pas de moi,
Mon bourreau!... vieux célibataire,
Gardant très fier son quant à soi.

Me connut-il ? — Je le présume,
Mais, s'il me vit, il n'en dit rien
Et préféra sur le bitume
Promener son noble maintien... —

En attendant que l'heure vienne
De prendre, — le bon juge aussi, —
La voiture antédiluvienne
Pour retourner à Landrecy,

Je vais du côté de l'auberge
Offrir à François Léveillé, —
Fort aimable, — quand on l'héberge, —
Un verre de cassis-mêlé...

J'entre... oh! ciel!... J'en frémis encore!
Par des cris je suis arrêté ;
C'étaient cinq nourrissons!... — J'adore
Le gentil babil d'un bébé;

Mais cinq!!... Par bonheur, je suis brave.
Cependant je dis à François :
Ces marmots criant à l'octave
Sont-ils pour nous? — Dam, je le crois.

— Mais je ne vois que deux nourrices?
Objectai-je assez humblement.
— Bah! vous fournirez vos offices,
Reprit mon homme en ricanant!...

Ne me sentant qu'un maigre zèle
Pour faire : dodo, mon enfant!
J'allais m'enfuir quand ma cervelle
Conçut un projet triomphant.

Je déroule en deux mots la chose
A François qui cria : vivat!
— D'ici là, dis-je, bouche close,
Il est plus défiant qu'un rat!... —

Le conducteur prend un cigare,
Equipe en deux temps ses chevaux
Et s'élance en hâte à la gare
Charger ses malles, ses ballots.

Il arrête, non sans rudesse,
Sa voiture aux abords du quai
Que foulait, — mais avec noblesse, —
Le magistrat au pied coquet.

Celui-ci dans la diligence
Jette un coup d'œil inquisiteur, —
Qui dit célibat dit prudence ! —
Il cherchait un coin protecteur.

Le coupé s'ouvrait à la bise,
Avant-coureur des coryzas;
Le juge aussitôt se ravise... —
Dans l'intérieur, sans fracas,

Il choisit la meilleure place
Et se recule de façon
A se garer de l'air qui passe.
— C'est si fragile un vieux garçon !... —

François, en profond politique,
Laissait faire et ne disait mot.
Il desserre la mécanique,
Jure un peu, puis repart au trot.

Un moment après il arrête
Devant l'auberge son coucou...
Ma petite armée était prête,
Mais, seul, j'aborde le hibou.

— Permettez, monsieur!... — Hein? du monde !
Grommela-t-il tout furieux,
Qui trouble donc ma paix profonde?... —
J'étais l'insecte audacieux !

— Fermez au moins votre portière ! —
— Pardon, mais d'autres vont monter. —
— Encore, ah ! quelle pétaudière !
Par ma foi, c'est à révolter !... —

La plus jeune des deux nourrices
S'introduisit en cet instant,
Et, galant, j'offris mes services,
Aux yeux de mon juge arrogant...

— Près de moi, placez-vous, madame...
Bien !... vrai, nous ne serons pas mal.
J'entendis tout bas, sur mon âme,
L'autre me traiter d'animal... —

Il était dans sa double place,
Allongé comme un Ottoman;
Mais François dit, montrant sa face :
— Pas si vite !... Encore un moment;

Allons, par ici, la gross'mère ! —
Et, sans crier gare ou pardon,
Il poussa l'autre nourricière
Auprès de l'aimable barbon !...

Le juge allait par la fenêtre
Tenter l'évasion, je crois,
Quand, soudain, il vit apparaître
Tout un bataillon cette fois

De bras et de têtes mutines
Que François nous lança joyeux :
— Cinq gros marmots pour les voisines
Aux girons si volumineux !...

— Arrêtez ! comment ! neuf pour quatre !
Non, non, je ne partirai point !...
Pauvre juge, il eut beau s'ébattre,
La voiture était déjà loin !... —

Ah ! que la campagne est charmante
Aux premiers rayons d'un beau jour,
Et, quand notre âme est innocente,
Qu'elle en jouit avec amour !

Tirant son bec de dessous l'aile,
L'oiseau vole aux blondes moissons;
L'alouette, la pastourelle
Entonnent gaiement leurs chansons... —

Du juge, hélas! l'âme est déserte
Et rebelle aux doux sentiments.
Son cœur est vieux, sa face est verte;
Voici l'heure des châtiments! —

Pour rendre complet son supplice
Et son désespoir plus profond:
— Pardi, fit la grosse nourrice,
Deux heur's comm' ça ça n's'ra pas long!...

A ces mots le beau taciturne,
Réduit, aplati de moitié,
Devint plus laid qu'un vieux Saturne.
Vraiment il me faisait pitié!

Mais la nature souveraine
Sur les bébés reprit ses droits,
Et bientôt leur bouche sereine
Se pencha vers certains endroits...

— Oh! ne craignez rien, jeune fille,
Tout se passa bien simplement.
Nous étions là comme en famille;
La gêne eût ôté l'agrément... —

— Buvez en paix, chers petits anges,
Buvez au sein qui vous sourit.
Assez tôt vous quittez vos langes!
Assez tôt le bonheur tarit!... —

Après dîner, il plaît à l'homme, —
A l'enfant encor beaucoup mieux,
Vous le savez, — de faire un somme, —
Mais le bruit fait ouvrir les yeux.

Et malgré le sein des nourrices,
Malgré les baisers et les chants,
Dédaignant tous les bons offices
Nos marmots deviennent méchants.

Si le juge aimait la musique
De chambre et les airs variés,
Il en eut... jusqu'à la colique
Et durant trois quarts d'heure entiers.

Non, jamais les geais, les corneilles,
Les paons, les perroquets narquois
N'ont poussé de clameurs pareilles!
C'était un vrai chœur d'Iroquois... —

Tout à coup des bruits redoutables
Troublent mes sens épouvantés!
— Oh! bébés, petits misérables,
Que faites-vous?... Grâce! arrêtez!... —

Au matin, le parfum des choses
S'élève des champs jusqu'à nous,
Plus tendre est la senteur des roses
Et l'azur du ciel est plus doux!...

Mais sous nos yeux les deux nourrices
Démaillottaient les polissons!...
Troublés par ces feux d'artifices,
Le juge et moi nous pâlissons!... —

Enfin pourtant nous arrivâmes
Dans l'état que vous devinez,
Et sur la place débarquâmes,
De curieux environnés.

Chacun se presse à la portière,
Et j'entends encor les hourrahs,
Lorsqu'on vit notre fourmilière
Et notre piteux embarras... —

La renommée a deux trompettes ;
L'une est petite et sans écho :
Elle est pour le bien que vous faites.
L'autre !... fit crouler Jéricho... —

Pour conter sa mésaventure,
Le pauvre juge eut celle-ci ;
Et, moins d'une heure après, je jure,
On riait dans tout Landrecy. —

Quand on peut rendre aux gens maussades,
Un peu de l'ennui qu'ils nous font,
C'est justice... et les camarades
Obligeamment nous aideront.

J'eus pour moi tous les stagiaires
Qui, sous les yeux du Président,
Dans les débats judiciaires,
Balançaient leur toque en plaidant.

C'était une façon de dire :
Dodo, l'enfant do !... Vous jugez !...
Le président, pris d'un fon rire,
En vain leur criait : abrégez !

Mon juge en battait la breloque
Et du vert passait au citron.
Un jour enfin, brisant sa toque,
Il s'en fut magot au Japon !

A. Hervo.

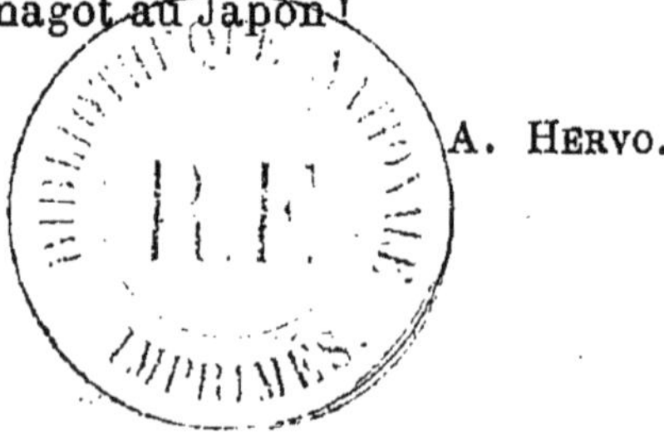

F. Aureau. — Imprimerie de Lagny.

DU MÊME AUTEUR

Le Vote au Chapeau, monologue en prose. 0 50
Le Juge et les Nourrices, conte en vers. 0 50
Adieu, Tambours! poésie 0 30

La Corvée du Pain, comédie en un acte. . . . . 1 »
Le Sergent, drame en deux actes. . . . . 1 »
La Grève des Boulangers, com.-opérette . . . . 1 »

THÉATRE DE SOCIÉTÉ

Les Horloges de Pornic, trois actes 1 50
La Corvée du Pain. — Les Plaideurs. 1 50
Le Sergent. — Les Garennes 1 50
La 1re Étape, deux actes. 1 50
Louis Brune, drame en quatre actes. 1 50
Les Exploits de Bidel, deux actes. 1 50
La Grève des Boulangers, comédie-opérette. —
Ne jurons de rien 1 50

Chez M. BARBRÉ, au Magasin théatral 12, boulevard Saint-Martin, à Paris.

F. AUREAU. — IMPRIMERIE DE LAGNY.

www.ingramcontent.com/pod-product-compliance
Ingram Content Group UK Ltd.
Pitfield, Milton Keynes, MK11 3LW, UK
UKHW020553230726
13925UKWH00006B/2579

9 782019 271329